En

Martine Dorra est née en 1947 à Paris. C'est à sept ans, en lisant les *Mémoires d'un âne* de la comtesse de Ségur, qu'elle décide de devenir écrivain. En attendant, elle exerce brièvement le métier de psychologue, puis elle se lance avec succès dans la création de mobilier *design* et ouvre même des magasins de meubles avec son mari. Depuis huit ans, elle a cessé toute activité professionnelle et se consacre à l'écriture, à ses enfants et aux voyages, qu'elle aime lointains. Ses livres sont édités au Seuil, chez Syros, Mango et Bayard Éditions.

Du même auteur dans Bayard Poche (Je bouquine) :
La fille aux santiags

Jean-Louis Besson est né en 1932 à Paris. Il a suivi les cours des Métiers d'art, puis collaboré avec des agences de publicité. Passionné par le dessin, mais aussi par les grandes inventions et les costumes, il a souvent écrit et illustré chez Gallimard des livres sur ces deux sujets, ainsi qu'une histoire de France.

Du même illustrateur dans Bayard Poche (J'aime lire) :
*Les tortuléons arrivent - Mystère et chocolat -
Les jumeaux du roi - Sauvons la maîtresse*

© Bayard Éditions, 1995
Bayard Éditions est une marque
du département Livre de Bayard Presse
ISBN 2. 227. 72701. 2

En route pour hier

**Une histoire écrite par Martine Dorra
illustrée par Jean-Louis Besson**

BAYARD ÉDITIONS

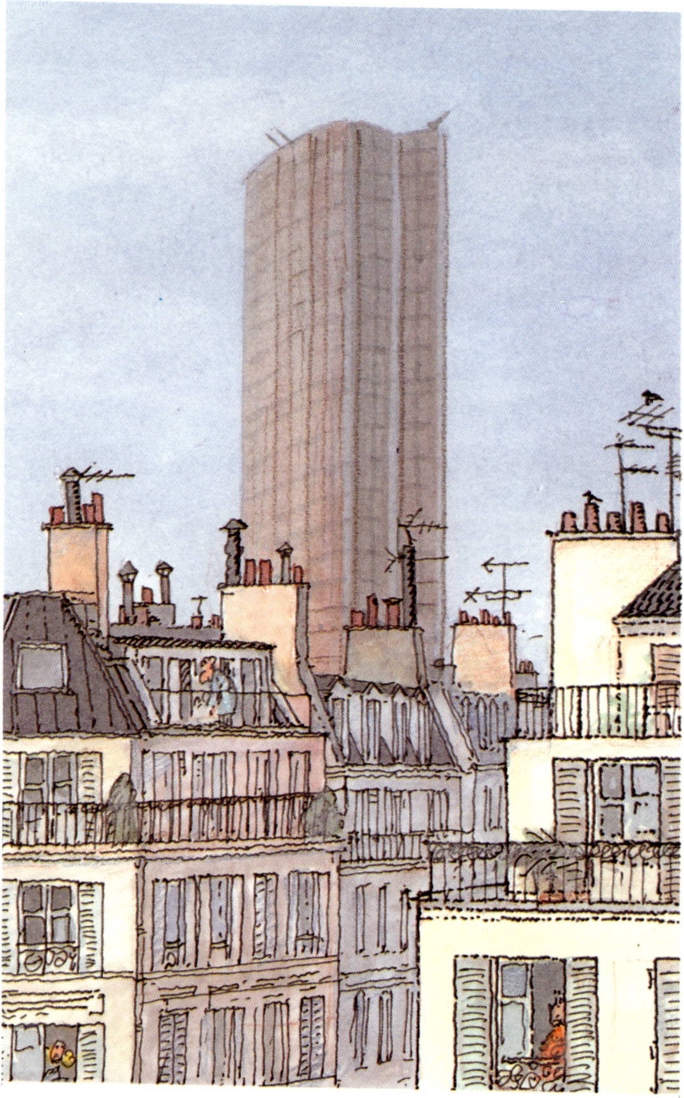

1

La machine de Papy

Je m'appelle Gaëtan et je suis orphelin*. Il paraît que je n'ai pas de chance. Ça ne m'empêche pas d'être heureux ! Je vis avec Papy et Mamy. Ils disent que c'est difficile d'être parents quand on est grands-parents.

* C'est un enfant qui n'a plus ses parents.

Moi, je trouve qu'ils se débrouillent bien. Je les aide, évidemment. Je me retiens de faire des bêtises. Être orphelin, ça donne des responsabilités.

On habite dans le quartier Montparnasse, derrière la grande tour, un petit pavillon avec un jardin plein de rosiers. C'est rare en plein Paris ! Dans le jardin, il y a l'atelier de Papy.

Papy est un génie. Mais c'est un secret entre lui et moi. Pour les autres, il est juste un ingénieur à la retraite. Dans son atelier, il a fabriqué une machine extraordinaire : une machine à remonter le temps.

Ça a commencé par tout un gribouillage de lettres sur son tableau noir : des x, des y, des a, des b, et même des lettres grecques.

– Avec cette formule, m'a dit Papy, on peut remonter le temps. Après, c'est juste du bricolage.

Je n'y croyais pas trop, à sa machine. Surtout qu'elle ressemblait plus à un siège de dentiste qu'à un Concorde. En haut, il y avait une rangée de lampes de couleur, qui ne servaient à rien d'autre qu'à faire joli, et sur le côté, une sorte de tableau de bord avec au moins vingt-cinq cadrans.

Un mercredi, pendant que Mamy était au marché, Papy m'a entraîné dans son atelier.
— La machine est prête ! m'a-t-il annoncé.
— Alors, elle marche vraiment ?
— Oui. Mais attention ! Avec cette machine, on ne peut pas se déplacer d'un endroit à un autre, on peut seulement changer d'époque.

Si je pars d'ici, je vais me retrouver au même endroit, mais au temps des Gaulois ou de Napoléon. J'ai déjà envoyé deux pommes de terre et trois carottes chez Louis XIV. Je vais maintenant essayer avec des souris. Je disais justement à Marcel…

– Marcel ! Tu en as parlé à Marcel !

Marcel, c'est l'ami d'enfance de Papy, et un sacré bavard ! Il travaille au marché aux

puces*. Papy m'a rassuré :
 — Il a juré-craché de ne pas le répéter !
 — Oui, et dans deux jours, juré-craché, tout le marché aux puces sera au courant !

Je n'avais pas confiance en Marcel. Et la suite des événements ne m'a pas donné tort.

* C'est un marché où l'on vend toutes sortes d'objets d'occasion.

2

Les bandits débarquent

Ce mercredi-là, Mamy était partie chez Tante Agathe, sa sœur, pour trois jours. On était tranquilles dans l'atelier. Papy réparait la cafetière électrique. Je bouquinais, assis dans la machine à remonter le temps.

Tout à coup, la porte s'est ouverte et deux types sont entrés : un grand chauve et un petit chevelu. Le chevelu, armé d'un pistolet, a bloqué la porte. Le chauve est allé droit vers la machine :

— Alors, voilà la merveille !

— Mais… qui êtes-vous ? a demandé Papy.

— Des admirateurs qui veulent essayer votre machine à remonter le temps ! On n'est pas très exigeants, on veut juste envoyer le gamin faire une petite course pour nous.

Papy se plaça devant les cadrans :

– C'est seulement un jouet pour mon petit-fils ! Regardez, les lumières s'allument, c'est rigolo, n'est-ce pas ?

Papy se retourna, souriant, mais son sourire se figea : le chauve tenait d'une main un rasoir, et de l'autre... mon oreille !

– Je ne voudrais pas faire de mal au gamin, dit-il.

Papy baissa la tête :

– Lâchez-le, je vous en prie, lâchez-le.

J'ai échangé un regard avec lui, et j'ai compris ses pensées. Il disait avec ses yeux, mon Papy, que s'il avait été mon papa, il aurait pu me défendre, assommer les bandits. Au lieu de ça... il devait leur céder. Mais ça m'était égal. Je me sentais très grand. Être orphelin, ça fait grandir plus vite. Maintenant, c'était à moi de protéger Papy.

J'ai demandé :

– Qu'est-ce que vous voulez ?

– Que tu nous fasses une petite course à quelques années en arrière, en 1913 !

3

Une drôle de petite course

Le chauve me raconta qu'en ce temps-là, près de chez nous, il y avait un restaurant qui s'appelait « Chez Rosalie ». Des artistes peintres, souvent fauchés*, venaient y manger. Quand ils n'avaient plus le sou, ils payaient Rosalie avec des tableaux.

* Qui n'ont pas d'argent.

Le chauve a conclu :
— Tu dois me rapporter un de ces tableaux.
— C'est du vol ! ai-je dit.
— Non, c'est un sauvetage ! Le tableau a brûlé dans un incendie en 1914.

J'avais compris. Il voulait que j'aille chercher le tableau avant qu'il ne brûle.

— Mais comment je le reconnaîtrai ?
— C'est un Chagall, me dit le chauve.
— Un chat quoi ?
— Un Chagall ! gronda Papy. Voyons, Gaëtan ! Chagall est un très grand peintre ! Tu as déjà

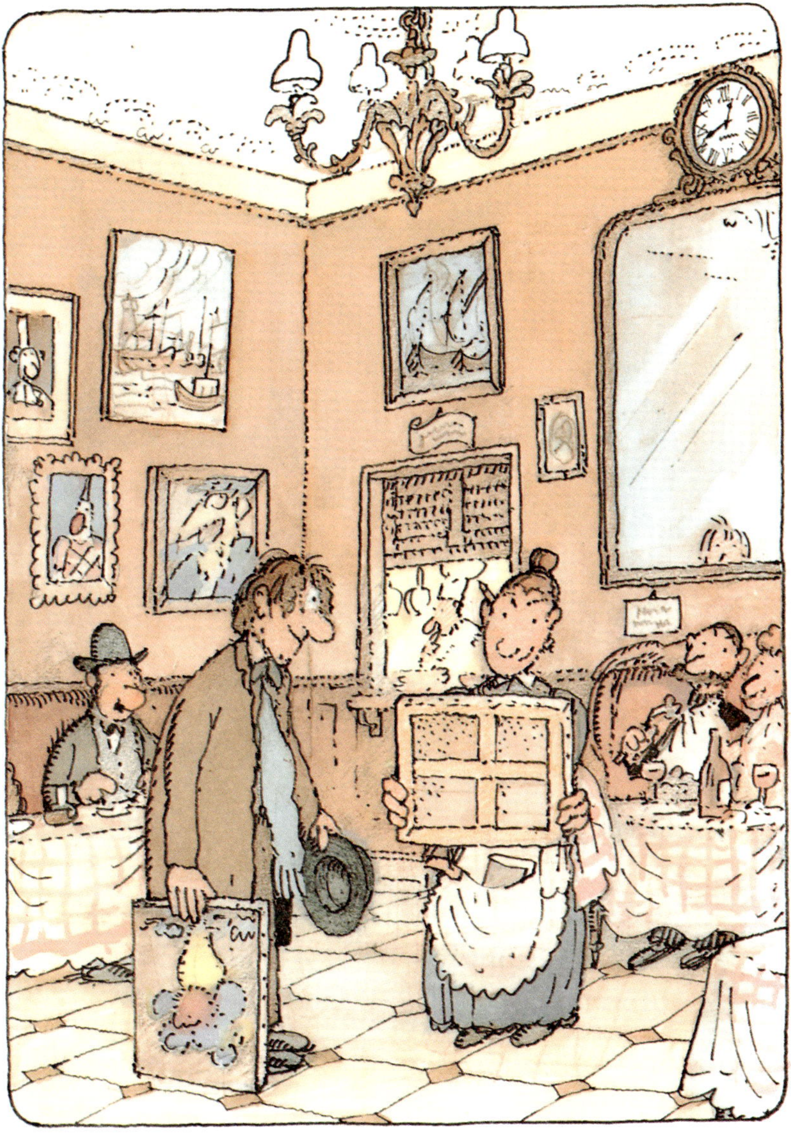

vu ses tableaux au musée ! Autrefois, il était pauvre et inconnu, et...

J'ai vite répondu : « Oui, oui, bien sûr ! », parce que sinon, bandits ou pas, Papy était capable de me faire la leçon pendant une heure.

Le chauve m'a décrit le tableau.

– Tu verras, il y a un train qui roule à l'envers dans le ciel, et autour, des personnages qui volent, des messieurs avec des chapeaux hauts de forme, des mariées…

C'était le grand-père du chauve qui lui avait parlé de ce tableau. Il avait connu Rosalie et son restaurant, autrefois…

Le chauve soupira :

– Tu te rends compte ! À cette époque, personne ne voulait des tableaux de Chagall, et aujourd'hui, ça vaut des millions !

— Allons, passons aux choses sérieuses ! s'est écrié le chevelu.

Et il sortit d'un sac un pantalon, une veste, des bottines.

— Enfile ces vêtements, me dit le chauve. Tu ne peux pas y aller habillé comme ça.

— Cet enfant ne partira pas ! a crié Papy.

Le chauve sortit son rasoir, me saisit de nouveau l'oreille... L'idée d'en être séparé m'était très désagréable. Je préférais tenter l'aventure. J'ai dit :

— Papy, j'ai confiance en ta machine.

J'ai changé d'habits et je me suis assis dans le fauteuil.

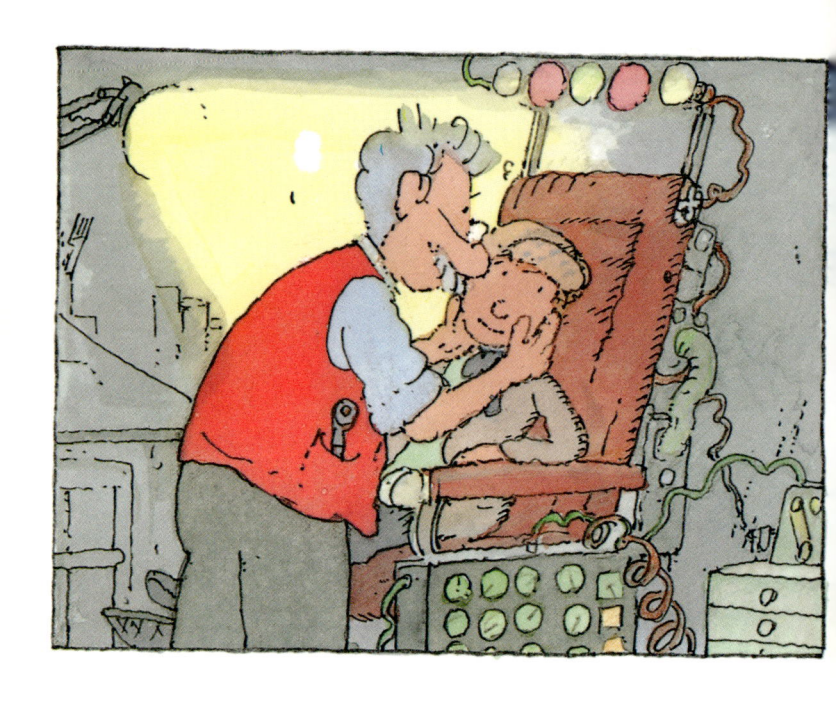

4

Le grand départ

Papy m'a embrassé :
— Attention aux mauvaises rencontres ! C'est pas bien fréquenté par là-bas.
Mon papy, ce n'était pas de m'envoyer au début du siècle qui l'inquiétait ! Il me faisait

les mêmes recommandations que lorsque je vais tout seul à la piscine.

Il m'a attaché au poignet un bracelet noir avec un gros cadran.

– On dirait une calculatrice !

Papy m'a fait un clin d'œil :

– C'en était une, je l'ai un peu bricolée !

Et d'un ton solennel il a ajouté :

– Ce bracelet est le seul lien que tu auras avec moi.

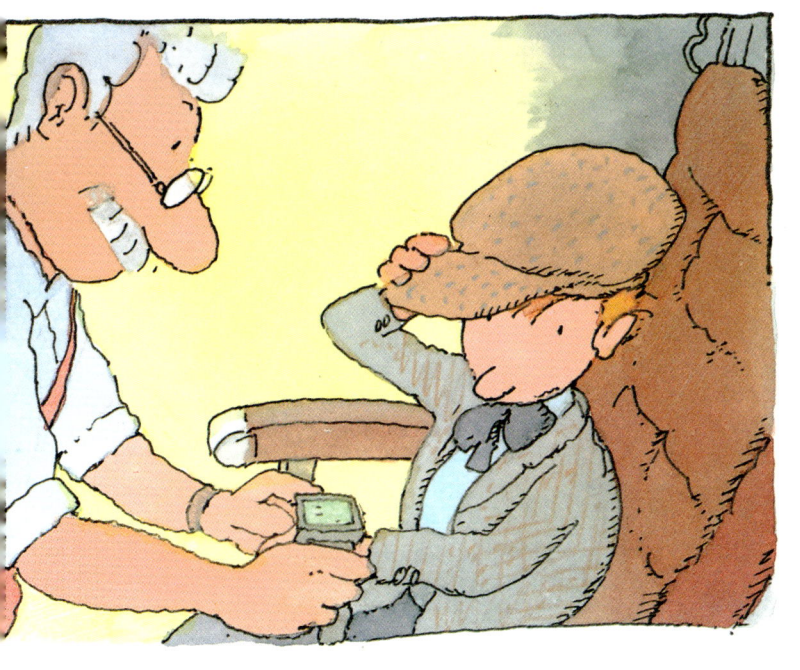

J'ai regardé « mon seul lien » avec tendresse. Papy me recommanda de l'enlever dès mon arrivée et de le laisser à l'endroit même de mon « atterrissage ». Pour mon retour, il me suffirait de remettre le bracelet, de composer un code secret et le mécanisme s'enclencherait.

Tout à coup, j'ai eu peur. Et si je n'arrivais pas jusque là-bas ? Et si je ne pouvais plus revenir ? Et si j'étais purement et simplement désintégré ?

Pour me donner du courage, j'ai imaginé que j'étais chez le dentiste. C'était facile, avec ce siège ! Pour moi, il n'y a rien de pire au monde que le dentiste. Alors, quand j'ai réalisé que j'étais seulement dans le fauteuil d'une machine à remonter le temps, je me suis senti extrêmement soulagé.

Papy était penché sur ses cadrans, l'air concentré. Le chauve était tout rouge, le chevelu était tout blanc : je crois que depuis cinq minutes, ils avaient oublié de respirer.

– On va commencer le compte à rebours, a dit Papy.

Sa voix était chaude et calme. Il m'a souri.

– Cinq, quatre, trois, deux, un, zé...

J'ai regardé le bracelet noir, « mon seul lien ». J'ai eu l'impression que le cadran me faisait un clin d'œil. Mes oreilles ont bourdonné, mon estomac s'est soulevé...

... Et je me suis retrouvé assis par terre, sous la pluie, dans un jardin potager. D'un côté, il y avait des vignes, et de l'autre, une ferme. Des gens chargeaient des bidons de lait sur une charrette.

J'étais sûrement dans une autre époque, mais je n'étais pas chez moi. Papy avait dû se tromper !

5

Chez Rosalie

Plutôt inquiet, j'ai marché un peu... Ouf ! j'ai reconnu le mur du cimetière qui se trouve derrière chez nous. Il n'y avait pas eu d'erreur. Papy aurait pu me prévenir tout de même ! Je savais bien que je ne verrais pas la tour Montparnasse, mais je n'aurais pas imaginé qu'il y avait des salades à la place de notre maison.

C'est là que je me suis rendu compte que j'avais oublié de poser le bracelet. J'ai couru en sens inverse. J'ai retrouvé l'endroit : c'était là où j'avais écrasé deux salades. J'ai caché le bracelet sous les feuilles.

Je n'ai pas pu m'empêcher, ensuite, de faire

un tour dans le quartier. J'ai vu le grand boulevard où habite ma copine Caroline. Il était à peu près pareil qu'aujourd'hui. Il y avait même un embouteillage de voitures et d'autobus à chevaux. En revanche, à la place de l'avenue où se trouve mon école, il n'y avait qu'un chantier plein de gadoue et pas d'école du tout.

Je suis retourné dans ma rue et je n'ai eu aucun mal à trouver le restaurant « Chez Rosalie ». En entrant, j'ai cherché des yeux le tableau. Je ne l'ai pas vu. Ça m'a fait un choc. Où pouvait-il bien se trouver ? Le chauve avait oublié de me le dire.

Je me suis assis à côté d'un monsieur qui dessinait. Il m'a demandé mon nom. Puis il a crié :

– Rosalie ! Un plat de pâtes pour Gaëtan ! Tu mettras ça sur ma note.

— La note que tu paieras à la saint-glinglin* ! a répondu en riant une grande dame rousse.

Et elle a posé une assiette devant moi. J'ai mangé mes pâtes. Drôlement bonnes ! Puis Rosalie m'a lancé :

— Eh, le petit ! Tu veux gagner quelques sous ? Il faut laver des bouteilles. On va me livrer le vin nouveau, et je n'ai rien de prêt.

Travailler... Mon rêve ! Elle m'a emmené dans la cour, derrière le restaurant. Là, dans un coin, j'ai vu des bouteilles vides, du bois...

* Cela veut dire qu'il ne la paiera jamais !

et des tableaux ! Plein de tableaux, entassés les uns sur les autres. Comment on appelle ça ? De la chance ? Eh oui, moi, Gaëtan, orphelin, j'avais de la chance !

Rosalie m'a expliqué le travail. Dès qu'elle a eu le dos tourné, je suis allé examiner les tableaux. Le chauve avait raison, le Chagall y était.

6

Quelle panique !

J'ai travaillé jusqu'à la nuit. Rosalie est revenue :
– Tu as fini, mon petit ? Je vais te payer.
– C'est-à-dire, madame... Je préférerais un tableau !
– Ah ! C'est une bonne idée, tu me débarrasseras. C'est avec ça qu'ils me paient, ces fauchés de peintres. Lequel veux-tu ?

J'ai fait semblant d'hésiter, et puis j'ai montré le Chagall.

Rosalie a eu une moue dégoûtée :
– Ah bon ! Prends-le et file maintenant. Reviens quand tu veux. Il y aura toujours une assiette de pâtes et un petit travail pour un garçon sérieux comme toi !

J'ai serré le tableau sous mon bras et je suis parti en courant. J'étais pressé de rentrer.

On n'y voyait rien dans le potager. J'ai réfléchi. J'avais caché mon bracelet sous la septième laitue, dans la troisième rangée. Un, deux, trois… J'ai plongé sous les feuilles. J'ai récupéré une limace, mais pas de bracelet.

J'avais dû mal compter. J'ai posé mon tableau et j'ai recommencé.

Il m'a semblé que les salades étaient plus espacées. Quelqu'un était peut-être venu en ramasser !

Quelqu'un avait trouvé mon bracelet ! Je ne pourrai plus rentrer chez moi ! J'ai appelé :
– Papy ! Papy !

Papy est un peu dur de la feuille, il ne m'entend pas quand je lui parle du fond du jardin. Alors pourquoi m'entendrait-il à quatre-vingt-deux ans de chez nous ? Je me suis mis à pleurer, tout en sachant que pleurer n'est jamais la bonne solution.

J'ai remué la terre aux endroits où des

salades avaient été arrachées. Ouf! je l'ai vu, « mon seul lien », mon bracelet! Son cadran brillait, j'ai même cru encore une fois qu'il me faisait un clin d'œil.

C'est alors que j'ai pensé au tableau. Où est-ce que je l'avais posé? J'ai attrapé le fou rire. C'était plus gai que les larmes, mais tout aussi inefficace.

J'ai fini par le trouver. J'ai vite attaché le bracelet, j'ai composé le code secret…

Et j'ai atterri dans l'atelier de Papy.

Il m'a serré dans ses bras. Les bandits m'ont arraché le tableau.

— Il est magnifique ! a dit le chauve. Dommage qu'on soit obligés de le vendre !

— On pourrait renvoyer le gamin en chercher d'autres ? a suggéré le chevelu.

— Ah non ! a crié Papy. D'ailleurs, je vais détruire cet engin de malheur !

Et, se précipitant sur la machine, il

a arraché une pièce qu'il a avalée.

– Vieux fou ! Allons, ne perdons pas de temps, partons !

Le chauve et le chevelu sont sortis en claquant la porte.

– Quelle histoire ! a dit Papy. Ouille ! ce truc est dur à digérer… Surtout, pas un mot à Mamy ! Si elle apprend que je t'ai laissé partir tout seul en 1913, elle va me tuer.

7

Un incendie malheureux

Papy et moi, on n'était pas très fiers. On avait tout de même été complices d'un vol. D'accord, on avait sauvé un tableau, mais ce n'était pas pour la bonne cause.

Prévenir la police ? Ils nous prendraient pour des fous. Et puis, Mamy serait mise au courant, et ça, c'était impossible. Il valait mieux garder le secret. Juré-craché.

Papy a caché la machine sous un drap. Il s'est plongé dans la fabrication d'un robot-aspirateur. C'était moins risqué.

Pendant quelques jours, on n'a plus parlé de cette aventure, mais on n'arrêtait pas d'y penser.

Et puis un matin, tandis que je sirotais mon chocolat à côté de Papy qui lisait son journal, il s'est écrié :

– Ça alors ! Écoute, Gaëtan... « Un incendie malheureux... Un Chagall, représentant un train à l'envers dans le ciel, a été détruit dans un incendie. Ce tableau, mystérieusement retrouvé, devait être présenté lors de la prochaine grande vente d'œuvres d'art. »

– Il a brûlé, bien fait pour les bandits !
Papy était rêveur :
– C'est peut-être la preuve qu'on ne peut pas changer le passé...
– Heureusement ! C'est déjà assez compliqué d'apprendre l'histoire. Si en plus ça change tout le temps ! Imagine, Papy, qu'avec ta machine, on aille donner un coup de main à

Vercingétorix, ou qu'on prenne la Bastille un mois plus tôt. Quelle pagaille ! Mais comme tu as avalé la pièce principale, tout ça n'arrivera pas.

Papy éclata de rire.

— Voyons, c'était du bluff*, pour les bandits !

* Prononce « bleuf ». Cela veut dire que ce n'était pas vrai.

– Tu veux dire... qu'on pourrait encore la faire marcher ?

Papy se leva de table. Il alla vers la fenêtre de la cuisine. Dehors, il pleuvait à torrents.

Il se mit à tracer des lettres sur la vitre embuée : des x, des y, des a, des b, et même des lettres grecques. Il parut réfléchir.

– Mais... mais oui ! cria-t-il, en se remettant à gribouiller. Tu vois, avec cette formule, on peut aller dans le futur. Le reste, c'est juste du bricolage !

Il va falloir que je le surveille de près, mon Papy, si je ne veux pas que les ennuis recommencent...

Dans la même collection
J'aime lire

UN DIABLE AU GARAGE GROG

Pour s'amuser, un diable sème le désordre dans la ville. Tout le monde est agacé par ses diableries. Hector, un jeune mécanicien très malin, découvre la cachette du diable et lui vole ses cornes. Mais le diable a plus d'un tour dans son sac, Hector aussi.

Une histoire écrite par Évelyne Reberg
et illustrée par Michel Guiré-Vaka.

LA MISSION D'AMIXAR

Ce 24 juillet 2854 est une belle journée pour Luce et son frère Phipo. Ils ont gagné le gros lot de leur émission de télévision préférée : un robot-nounou ultra-perfectionné ! Dès le lendemain, Amixar est chez eux. Quel formidable compagnon : il connaît cinq mille jeux, dix mille histoires, et prépare même de délicieux dîners. Jusqu'au soir où les parents de Luce et Phipo lui confient la maison et les enfants pour partir à un concert sur la Lune. C'est alors qu'Amixar révèle la face cachée de sa personnalité programmée... Robot-nounou ou robot-filou ?

Une histoire écrite par Nicolas de Hirsching
et illustrée par Martin Berthommier.

LA CHARABIOLE

Petites lunettes, cartable ciré : Quentin Corbillon est un élève modèle. Il sait tout, il a 20 en tout, et il révise même ses leçons pendant les récréations. Bien sûr, la maîtresse le chouchoute... Jusqu'au cours de mathématiques où Quentin répond que les triangles ce sont des « chioukamards à gloupions... ». Depuis ce jour-là, Quentin ne parle plus que dans un incroyable charabia que personne ne comprend. Professeurs, parents, docteurs, tout le monde s'affole. Comment guérir Quentin de cette drôle de maladie ?

Une histoire écrite par Fanny Joly
et illustrée par Claude et Denise Millet.

LE ROYAUME DES DEVINETTES

Obo est un garçon si laid que personne ne veut l'aimer. Mais il joue si bien de la flûte qu'un vieillard le met au défi de délivrer Or, la divine princesse prisonnière du roi Riorim. Ce roi, mi-homme mi-crapaud monstrueux, coupe la tête de tous ceux qui ne savent pas répondre à ses terribles devinettes... Heureusement, sous la laideur d'Obo se cache une grande intelligence. Et dans sa poche, il a sa flûte...

Une histoire écrite par Évelyne Reberg
et illustrée par Mette Ivers.

Achevé d'imprimer en février 1995 par Ouest Impressions Oberthur
35000 Rennes - N° 15934
Dépôt légal : février 1995 - N° éditeur : 2042
Imprimé en France